KB055991

한 사람들로 붐빈다

권주열
1963년 태어났다.
2004년 『정신과 표현』을 통해 시인으로 등단했다.
시집 『바다를 팝니다』 『바다를 잠그다』 『붉은 열매의 너무 쪽』 『처음은 처음을 반복한다』 『한 사람들로 붐빈다』를 썼다.

파란시선 0112 한 사람들로 붐빈다

1판 1쇄 펴낸날 2022년 10월 30일
지은이 권주열
디자인 최선영
인쇄인 (주)두경 정지오
펴낸이 채상우
펴낸곳 (주)함께하는출판그룹파란
등록번호 제2015-000068호
등록일자 2015년 9월 15일
주소 (10387) 경기도 고양시 일산서구 중앙로 1455 대우시티프라자 B1 202-1호
전화 031-919-4288
팩스 031-919-4287
모바일팩스 0504-441-3439
이메일 bookparan2015@hanmail.net

ISBN 979-11-91897-37-1 03810

값 10,000원

•이 시집은 2021년 한국문화예술위원회에서 지원한 아르코문학창작기금 수상 작가의 작품집입니다.

한 사람들로 붐빈다

권주열 시집

시인의 말

이루어질 수 없기에 끝나지 않고
끝나지 않기에 끝낼 수 없는 것들의
파편을 어루만지는 일,

기어이 목숨이라고 부른다.

차례

시인의 말

0. 전혀 아름다운

레몽 크노 - 11
더 멀리 근접하기 - 12
오후 - 14
드로잉 - 16
산개(散開) - 18
언어와의 작별 - 20
소여풍경 - 22
말. 벌. 바셀린 - 23
4인칭 - 24
4인칭 1 - 26
그렇습니다 - 28
빗소리 - 30
비 소리 - 31
전깃줄 - 32
자음 혹은 장애 - 33
비인칭 창 - 34
비인칭 창 1 - 36
가자미 - 37
이름 붙일 수 없는 자 - 38
처럼 - 40
객(客) - 41
섬 - 42
첫눈 - 44

새가 날아오를✔ 때 - 45
소형 공구함 - 46
토리노의 말 - 48
토리노의 말 1 - 50

1. 더 쪽으로

수평선 기하(幾何) I - 53
수평선 기하(幾何) V - 54
수평선 기하(幾何) Ⅵ - 55
수평선 기하(幾何) Ⅸ - 56
수평선 나무 - 58
木工 演習 - 59
1963 - 60
더 쪽으로 - 62
곡률의 부호 - 64
강우량 - 66
난간 - 67
철물점 - 68
신체적 밤 - 70
프라이드치킨 - 71
입 - 74
호명 - 75
선고 - 76
도약 - 78
플랑크의 별 - 80
깨알 같은 모래알 - 81

최후의 발걸음 - 82
나무의 왕래 - 83
미역 - 84
이식 - 85
침묵의 에스키스 - 86
눈 뒤의 수평선 - 88
소나기 景 - 89
더 쪽의 눈들 - 90
두통 - 91
길고양이에게 밥을 주는 일은 고양이에게 길을 묻는 방식이다 - 92

해설
임지훈 (　)를 가리키는 방법 - 94

일러두기

시집 가운데 일부는 시인의 의도에 따라 현행 맞춤법과 다르게 표기했습니다.

0. 전혀 아름다운

레몽 크노

달의 몸에 문어체로 이루어진 수
족관을 증식하는 뼈 없는 동사로
슬쩍 미끄러지는 달,

에 걸려 넘어졌다

를 깊숙이 눌러쓰고

문어가 달에서 사라지는 것처럼 둥근 휴식과도 같은 죽음이 물 아래서부터 에워싼 무수한 중얼거림으로 이루어진 흡반들로 시작된 수족관 안에 아무것도 아닌 말을 말아올린 종말이 들러붙어 침묵의 두께로 밀봉되는 순간 문어의 그림자가 비치는 달의 일부는 스스로 부재하는 물속에서 둥글게 구분되지 않는 생각의 공전으로 누구의 바탕인지 모를 달을 굴리는 모호한 곡면,

에 배드민턴을 쳤다

와, 날아다닌다

더 멀리 근접하기

도리어는 좋겠다

일종의 단당류처럼
혼자서 달다

누군지 모르는 그와
누구도 모르는 그들을 마주칠 때

도리어 하고 나지막이 불러 본다
도리어 아무 소리도 안 들린다

도리어는 누굴까
모를수록 달다

죽은 그를 찾아가는 길에
알사탕 하나 입에 문다

도리어,
도리어 같다

같음 안에 무수하게 같은,
그 안에 부드럽게 녹고 있는 그들

그는 그들 속에 분절되지 않고 도리어

금지된다

오후

오후만 생각하면 기분이 좋다

하루에 한 번씩 오후가 온다
때로는 서너 번씩 올 때도 있다

동그란 오후

오후는 한 번도 오전에 나가 본 적 없고
어둡기 전에 자리를 떴다

그런 오후가 며칠째 소식이 없다

오전에 물으니 오후에 다시 말하자고 한다

오후를 보고도 오후를 지나치는 사람
오후에 걸터앉아 오후를 기다리는 사람

아침에 오후를 데려간 사람이
밤에 허겁지겁 빈 오후를 꺼낸다

같은 모자를 빌려 쓴 다른 오후들

사람들은 한 개의 모자만 보고 있다

사람들은 한 개의 오후만 생각한다

드로잉

붉은 사과가 놓여 있다
검붉은 사과와 함께

어디서 묻어온 걸까
쟁반 위에 사푼히 앉
은,
붉 은

다소곳이 사과 위에 내린 싸락눈처럼
부드럽게 감싼
은의 윤곽

붉'은' 사과를
빨'간' 사과로 표기하자

불쑥
사과만 남는다

은에 없는 사과는 은에 묻은 사과와
같지 않고 같은,

아무도 몰래

은은하게 눈이 내린다
쌓이지 않는 생각

산개(散開)

밥상 위에 파리가 앉았다
파리채로 친다
작은 것이 파르르 떨 시간도 없이 납작하다

식탁을 빠져나올 때 불현듯
를,

자간(字間)에 오도카니 남아
를이 운다 우는데
얼굴이 없다

를을 떠올릴 때마다
다른 얼굴들
제 울음 속으로 미미한 윤곽이 지워질 때
그 안에서 그를 흩는다
흩어지므로 지워짐을 잃어버린 고요처럼
거기 없는 의미들

대상과 대상 사이에 끼어
아무런 기척도 없이,

무언가가 뭉그러진다

언어와의 작별
—장 뤽 고다르에게

나는 169센티, 169에 포개지지 않는다
수평선은 둥글다 나는 는의 친구,
며칠 되지 않는다
는이
끌고 오라고 말하
는/나는 포개진다

어쩌면 둥글면서 는이 아닐지도
모르 는/나는

바다를 볼 때마다
물을 욕했다
뒤에 바짝 달라붙

는,

따라오지 마
나는 잠자코 따라갔다
어디선가 뿌우 개 짖는 소리
는이 내는 소리와 구별되지 않는다

냄새/나는
한쪽 눈을 감고
냄새나지 않 는/나
는 속에 있다

물속에는가득하다

소여풍경

이곳이 처음이라 말하는 그는
다소곳이 듣고 있는 그들이다

그들의 과녁으로 그가 관통된다
그는 자신이라 믿는 이름으로
명중된다

그는
알알이 그들로 박혀 있다

표절 이전의 표절처럼
마당 한쪽에 겹겹이 따라 피는 꽃들,

그를 꺾어 준다
그 대신 그들의 이름을 받아 든다

단 하나의 꽃에 대해
똑같은 얼굴처럼

그는 그들로 파산된다

말. 벌. 바셀린

나는 무화과의 꽃을 좋아한다

기다려도 오지 않는 것의
확률처럼

꽃을 말하고 떠올리는 0, 그것은
매번 사라지는 숫자로 호명된다

붕붕 말이 핀다

상세하게도
식물도감에는 0이 피지 않는다고 적혀 있다

한 송이 말
한 송이의 0들

나는 멍하니 0을 바라본다
0을 에워싼 공백

어떤 꽃은 부재하는 0에 선행한다

4인칭

나무 위의 새
들이 날아가는 쪽을 가만히 바라본다
공기처럼 가벼운, 들
것에 실려 나가는 새

들이 운다
우는 소리를 가만히 듣고 있다

이른 새벽부터 들린다
꼼짝없이 매달린 귀
들

앉았던 나뭇가지가 바람에 흔들린다
새가 없어도 흔들린다

혼자와 혼자 사이에
한없이 끼어드는 것
들
가까이 더 가까이

들에는
들리는 것이 가득하다

4인칭 1

비가 온다는 건
비 말고 아무것도 오지 않는 것과 마주치는 일
아무 일 없이
없음을,
무한히 그음으로써 긋지 않은 것들이 분할되고 있다

오지 않는 것은 비보다 투명하고
비보다 어두워

안보다 밖이 오고 있다
바깥이 증가하는 방향으로 오고 있다

오는 것과 온 것 사이를
중얼거림 없이 한없이 중얼거림으로
오지 않는 것이 오고 있다

오지 않고 오는 여럿, 여러 속에 혼자

당신이 오고 있다 몇 마리의 당신과
몇 마디의 당신,

마당에 비 오는 것들과 오고 있다

유리창에 아무것도 아닌 것과 마주친다, 그 너머

그렇습
니다

관중석에서 박수를 보낸 적이 있습
니다
관중석에서 야유를 보낸 적이 있습
니다

날아오는 니다를 집어 들고 다시
운동장으로 힘껏,

납과 구리의 비율처럼
니다를 적당히 섞습니다

온종일 몇 개의 니다를 만드나요
얌전한
가내공업의 역사 같습니다

정장한 문장 뒤로 한 묶음의 니다를 실어 나릅니다

니다의 단가에 대해 셈할 때마다
잠시 멈춥니다, 대단히 고맙습니다, 아니
아니라고 혼자 속삭입

니다

모두 땜질한 흔적입니다

언어의 뒤통수에서부터
물이 새기 시작합
니다

빗소리

내가 무슨 말인지 모를 때마다
나는 내린다

오후 두 시처럼 고요하게 내린다
오전 두 시를 가리킨다

말의 긴 줄에서
내린 나는

모르는 말에 일치한다

고장 난 말처럼
하루에 두 번 이상 내려야지 하는 말을 덧붙인다

내릴 때마다 내리지 않는 내가
간곡하게 젖고 있다

공허한 표면으로
모르는 말이 더 높이 미끄러진다

비 소리

비는 소리 없이
소리 나는 쪽으로 내리고 있다

소리는 비와 전혀 다른 곳에서 온다
한 번도 본 적 없는 소리가 비를 만난다

비는 소리마다 놀란 흔적,

비 소리를 듣는다
서로서로 듣고 있다

소리가 방향을 틀 때마다
비의 장소는 달라진다

비가 그쳤다는 말은
소리에게 참 이상하게 들린다

전깃줄

만약에 꽁지는 검고 불안하다
하얗게 둘러쳐진 어깨와 배는 차다

가끔씩 땅에 내려와
쓰레기 비닐을 헤집던 까치가 만약,

그런 생각을 하고 싶지 않지만
그런 불길한 생각,

아침마다 전깃줄을 본다
텅 빈 전깃줄에
고요하게 앉아 있다
제 날갯죽지에 부리를 파묻은 채 꼼짝 않는다

다시 전깃줄에 까치가 온다면
만약이 날아가고 난 뒤다

자음 혹은 장애

가, 아파 온다
여린입천장에서부터 무엇인가 낮고 쓸쓸한 게 밀려온다
모두 어디로 가 버리는
가

를의 발열이 시작될 땐 혀가 잇몸에 살짝 닿을 때마다
아렸다 너
를, 보낼 때도 그랬다

말을 하기도 전에 침들이 고였다
침은 자음과 모음 아밀라아제로 구성된다

는, 울음을 둥글게 말고 잇몸만 들썩거렸고
넌 짐작만 할 뿐 아무 말도 하지 않았다

는과 넌 사이에 잠시 침묵이 일었다
마당엔 흰 빨래들이 퍼덕였고
미세한 자음들이 묻어났다

비인칭 창

그와 그 사이
두 귀만 빼고 몸 전체가 흰색인 우물이
나뭇가지마다 매달려 있다

그를 부르는 소리에 우물이 돌아본다
다행이야
이름은 매달려 있기 나름이다

우물이 내려오고 내려오는
우물 속에 그가 훤히 비친다
두레박 가득
채워야 할 물처럼
이름은 부름 안에 스며든다

그를 부를수록 허기진다
언제나 그는 이름의 옆모습을 하고 있다

한마당 그득 그를 심었는데
마당에 그가 아닌 것이 자란다

한 마리의 그와
하나의 그가
한 개의 그를 따라간다

비인칭 창 1

23 더하기 하늘은 늦다
왜? 라고 물으면 24가 되고
24를 물으면 하늘은 형편없이 더 늦어진다

23 빼기 하늘은 맑다
맑은 비린내가 난다

이유 없이 스며드는 숫자
스며듦의 효과로 사라지는 것들

기차에 실린 23
수박 냄새 나는 23
23 - 23 = 캥거루,

23을 더하면 초원이 보인다
초원 위에 떠 있는 23
전혀 아름다운 23

가자미

아무것도 아닌 말을 하고 싶다. 모래알처럼, 하고 말을 것도 아닌 가자미, 아닌 말과 오지 않는 잠이, 누군가아/무것도아닌누/구든지아/무도아니므로, 그 너머 누구나 말에 잠든 가자미, 무한히 몸을 속삭이는 말에 숨는 가자미, 가자미가 아닌 말은 가자미에 없는 말을 부드럽게 지운다. 지워진 말의 바깥으로 누 누누 누누누누 입술을 쭈욱 꿰매 버린 가자미, 가만가만 엎드린 채 엎드릴 수 없는 모든 가능성을 제거한다. 바닥없이 가득 찬 바닥으로 도무지 위반된 말과 도저히 아닌 눈, 납작하게 찌부러진 몸에 붙인다.

이름 붙일 수 없는 자

바케트를 물고 베케트를 읽는다

밀가루와 말 사이에 숭숭 뚫린 입들

웅얼거린다 이스트,

아무도 다물지 않고 누군가가
부풀어 오른다

—잘못 말하기
—잘못 없이 아주 잘못 말하기

거머쥔 빵이 아니라
빵의 표시처럼
여기 없고 오직 남은 이곳,

아닐 수도 있다
이곳이 아닐 수도

드러냄으로써

드러나지 않는 지점까지
종잡을 수 없는 말들

침묵이 다 사라질 때까지 결코
침묵할 수 없는 말,

어떤 말도 아무것도 아닌 말보다 허약하다

•이름 붙일 수 없는 자: 사무엘 베케트의 소설 제목.

처럼

그는 죽음에 임박해서야 잘못 살았다고 말했다 나처럼 살지 말라고 신신당부했다 그가 무엇을 잘못했는지 알 수도 없고 알고 싶지도 않지만 처럼은 아무런 잘못 없는 것이 분명하다 텔레비전에 유명한 기업가가 나와 나처럼 하면 성공한다는 말을 늘어놓지만 처럼은 어떤 성공도 한 적 없으니 다행이다 어느 책 표지에 처음처럼 이라고 적혀 있어도 처럼은 여전히 처음이 아닌 것 같고 누가 죽음처럼 이라고 해도 처럼은 죽음이 없다 처럼은 그들과 함께 왔거나 끌려왔거나 어쩔 수 없이 따라왔지만 썰물처럼 빠져나간 그들 뒤에도 아닌 것처럼 맞는 것처럼 맞아 죽었다가 금방 살아 나온 것처럼

객(客)

어쩐 일이냐고 묻자 그냥 왔다고 한다
남루한 옷차림과 아무것도 손에 들려 있지 않은 너는
그냥 왔다

너는 종종 그냥 온다 쓸쓸한 낯빛과 가을 어스름 저녁과
그냥이 마루에 조용히 앉아 있다

부엌에서 차를 끓이면서 언제 가느냐고 묻자
아무런 인기척이 없다

나가 보니 어느새 너는 없고
나는 그냥 있다

나는 그냥과 있다

섬

거기에 갈 때마다
그기에 가고 싶다

그곳에 갈 때
나타나는
거곳

동일한 장소에서
다름을 발음한다

그때마다
나는 조금씩 떨어져 나가는 느낌이다

네가 나에게
너라고 할 때
내가 네라는 생각

그곳이 아닌 거곳
거기가 아닌 그기
에서

나는 네가 된다
우리는 발음이 같은 공간에 거주한다

아이들이 "섬에 놀러 가요" 할 때마다
나는 가만히
슴을 떠올린다

첫눈

눈이 내리는데
온다고 쓴다

일요일 운동장에
우산을 쓴 채 우두커니 서 있는 사람을
눈사람이라고 쓴다

흰색으로
사방이 중얼거린다

흰색과 일요일은 혼자다
사람과 눈사람은 혼자다

온다는 건 가만히
오는 것과 온 것 사이에 내리는 말

한 사람들로 붐빈다

새가 날아오를✔ 때

오늘이 이유 없이 좋다
새소리처럼 기분이 들린다
어디선가
보이지 않는 새의 이름이 떠오를 때
이름밖에 남은 날개와 몸짓을 다 버리고
기분이 저 혼자 전깃줄에 앉는다
새의 기분을 알 것 같다

전류는 새가 날아가고 난 뒤에도 이어지는 사태다
불을 켠다 어두워지기 전에 어둡다는 기분을 켠다
날아가 버린 새는 가 버린 기분의 높이다

내일도 기분이 좋으려나
어디선가 이유 없이
새의 이름을 문 물고기가 떠오른다.

소형 공구함

꼭,

꼭,

말에 박힌 나사들

너는 한번 놀러 오라고 했고

나는 꼭 가겠다고 했다

꼭 때문에 잠이 오지 않는다

숙제를 덜 한 것 같고

창문을 열어 둔 것 같고

헐렁한 마음 어딘가가

나선형으로 조여 오고 있다

옴짝달싹할 수 없다

약속되기 전에 붙들린 약속처럼

십자가에 매달린

꼭,

모든 말은 스스로 선고받고 있다

기권을 거부할수록

더 깊이 맞물려 파고든다

토리노의 말

—벨라 타르 감독에게

말은 말이 가장 낯설다

커다랗게 눈을 껌벅이는 말은
방금 내가 한 말이 아니다

오오 불쌍한 말이야 하고 한마디
하려다 놓친다

컴컴한 입속으로 어느 말이
고삐를 따라오랴, 암말 없이

식탁 위에 영화 속 부녀가
감자를 먹는다, 말을 통째로
으깨고 있다 감자처럼 붙들린
말이 며칠째 마구간에서
먹이를 입에 대지 않는다

왜라고 묻고 싶지 않다

왜는 말해질 수 없는 말을 고요히 묻어 줄 뿐,

종일 말은 침묵에 묶여
스스로 거부하고 있다

토리노의 말 1

서서 자는 말은
침묵에 닿은 말일까

어린 날 대나무가 둘러싸인
마당에 수시로 지네가 기어 나왔다 그것도
징글징글 수없이 자잘한 발을 달고,

다음 장날에
지네 약을 사 와야겠다고 한
아버지의 말은 무덤을 한참 지나
아직도 어디쯤 오고 있는지
한마디도 하지 않고 오는 말들,
몸은 말을 디딘다

아침에 우연히 지네를 본다
순식간에 발들이 말의 마디처럼 사라진다
종말,

도무지 다물 수 없는

1. 더 쪽으로

수평선 기하(幾何) I

한없이 영에 가까워지는 점들
몸에 없는 느낌

내가 느낄 때마다 사라지는 몸은
부재하는 그 너머를 은폐한다

그 너머에 없는 말
그 너머의 생각
느낌은 생각에 깃들지 않는다

말의 꼭짓점에서 생각을 그을 때
말할 수 없는 부분에 남은
점. 점. 점

빗변이 투명한 비처럼
무한히 오지 않고 옴에 옮겨 오는 것들

긋지 않음으로써 선명하게 그음을 지운다

수평선 기하(幾何) V

—선은 점의 중독이다

수평선 기하(幾何) Ⅵ

점의 한쪽에
마침표로 놓인 섬들

점은 비로소 몸을 지닌다
악수를 한다

당신의 몸에도 반점이 있나요
당신의 몸에도 섬이 있나요

지워지지 않는 것에 대해 남은 것은
흔적이 아니다

흔적은 두께가 없다

머무는 순간마다 굳어 버린다
이 점과 다른 점은 어디에도 없다

어디에도 없는 한 점을 위해
당신과 나 사이에
팔이 저리도록 기다리는 것

수평선 기하(幾何) Ⅸ

선은가장간결한방식으로점을잊는다

점점사라지고있다
점점사라지고잇다

누군가가울먹이며전화를걸어와내가미처
말하기도전에잘못걸었다며끊는다
눈물방울처럼찍힌점들

점은반짝인다
점은동작이다

둥근무덤들이빙빙돌고있다
유한속에무한히접혀잇다

있다를범람하는잇다

기다림없이대기하는것
대기속에기다리는것

선은점을잇는방식이아니다
점의억제가이루어지지않는사건이다

수평선 나무

하나의 비에 대해 다양한 우산이 필요하다
하나의 불빛에 대해 갖가지 전구가 끼워진다
하나의 사랑에 대해 수많은 말들이 속삭인다

하나는 작다
오롯하다
더 포갤 수 없는 작음의 전체
마지막 몸짓

눈물이 떨어진다
하나의 물방울에 대해 긴 수평선이 펼쳐진다

木工 演習

나무에서 떨어지는
새는 어둡다

안 보이는 것은 선명할수록 부재한다
거기, 하나의 높이와
높이에 없는 추락이 한꺼번에 지워질 때

의자 위에 올라가 전구를 끼운다
조붓한 발자국처럼
가지에서부터 하나둘씩 불이 켜지고
매달수록 달아나는 기원(起源)들

이제, 새를 만들 차례

흔적은 발명된다

1963

다리는 몇 개를 더 놓아야 좋을까

휠체어를 탄 사람이 다리 위로 바퀴를 굴리며 지나간다
운동에 없는 다리가 다리에 없는 동작으로

다리 위에서 다리 아래로 내려보느라
잠시 멈춘 다리, 기하학적 고독
발의 신체로 남는 것과 신체로 남은 발 사이에
물질성을 띤다

다리는 다리를 건너기 훨씬 전에
출현한다
하나의 다리에 하나의 발을 달고
걷는다와 건넌다를 업고 가는 다리,

강을 굽어보는 다리는 발이 아니라 강에서
분리된다, 아득한 발자국

다리 아래로 몇 개의 발이 필요한가

다리에서 가장 멀리 온 발들
멀어서 갈 수 없는 발들

무너진 다리를 걷는 일은
디딜 수 없는 발에 남은 장소다,

펄럭인다

더 쪽으로

운구차에서 내린 사람들이 관을 들고 화장장 쪽으로 들어간다
도서관 쪽으로 가기로 했는데

너무 무거운가
북쪽으로 가려던 마음을
서쪽으로 돌린다

도서관 직원이 신규 가입이냐 묻는다
글쎄요, 제 첫 시집이 여기 꽂혀 있어서

분향소를 잘못 찾았군요

시는 어느 쪽에서부터 읽어도 상관없이
쭉 다 죽었어요
하긴 읽기 전부터 벌써 죽었는지 몰라요

도서관은 단 하나의 관도 놓을 자리가 없어요
더 이상 새로운 분류법도 안 통하죠
애도하는 방식부터 달라졌어요

저쪽 자판기 쪽으로 가 보세요
몇몇은 여전히 커피를 홀쩍이고
그 옆의 누군가는
작은 관 뚜껑을 쓰다듬는 게 보이죠

그래요,
매장보다 소각을 하세요
소각이 훨 가볍잖아요
사라짐은 가벼울수록 좋지 않나요

어느 쪽이든 비용은 같구요

곡률의 부호

민달팽이를 보았다.

마당 저쪽에서부터 느릿느릿 오고 있었다.

외출했다가 한나절이 지나 돌아왔을 때, 아직도 마당을 다 지나지 못한 달팽이를 보며

피식 웃음이 새어 나왔다. 만약 그가 동네 한 바퀴를 다 돌려면 내가 환갑이 지나고 칠순은 넘어야겠지. 그런데 살짝 다른 생각도 든다.

그가 동네 한 바퀴를 잠시 도는 시간에 다시 만난 나를 보고 깜짝 놀라는 게 아닐까. 아까까지도 멀쩡하던 양반이 왜 이리 퍼석 늙어 버렸……

같은 공간에 담긴 시간을 너무 많이 써 버리는 종(種)들이 있다.

일분일초도 한 공간에 놓아두지 못한다. 미친 듯이 소모한다.

그가 이제 겨우 한 장소를 쓰는 동안 어떤 누군가에겐 더 담을 장소가 없다.

끈적한 몸통 위로 수축된 시간을 펴느라 하품 한번 하

고 기지개도 켜고

가까스로 보행을 시작하려는데,

그가 신혼여행을 마치고 부인과 마당에 들어서고 있다.

내가 한나절 마당에 어슬렁거리는 동안

또 그 양반이다, 마당 저쪽에서 손주를 안고 성큼성큼 걸어오고 있다.

강우량

비는 확률입니다. 기다렸지만 여태껏 한 번도 온 적이 없기에 내린 적이 없네요. 그러므로 오는 것은 언제나 당신입니다. 당신이 오고 있습니다. 우산 안에서 잠시 정지된 장소가 당신입니다. 비는 벌써 비 안에 와 있고 비 안에 다 내려 버렸지요. 우리는 비 밖으로 내릴 확률, 이따금 희박하게 반짝이는 눈물이 장소를 드러내지만 비라고 부르기엔 미약하지요. 비는 신체가 없습니다. 소낙비라든지 부슬비라든지 그 신체의 이름이 쏟아지는 장소입니다. 확률이 점점 커지면 발견될 가능성이 한층 더 가까이 오는 것이겠지요. 당신이 이 장소에서 다른 장소로 옮겨 가는 모양입니다. 노란 은행잎이 떨어지는 마당의 운구 행렬 앞에서 빗소리를 듣습니다.

난간

계단을 보며 바다를 말하기, 천천히 한 계단씩 내려간다. 높이와 깊이는 같은 생각일까. 바닥 아래 또 바닥, 깊이는 추락을 저장한다. 기어이 추락하지 않기 위해 계단은 스스로 단단해지고 그 간격의 높이만큼 공중이 스며든다. 공중이라는 말은 난간 없는 말, 아찔한 공포에 대해 아무 말도 없는 계단은 허리에 찬 공중을 아래위로 동일하게 나누어 단일한 방식으로 침묵한다. 침묵에 빠진 말이 허우적인다. 익사, 동일한 생각을 그대로 건져 올린 높이, 오래전의 이야기를 지금 본다. 대리석의 모서리가 소금처럼 반짝인다.

철물점

수평선은 작은 발명에 지나지 않는다
저만치
빗금 친 외로움과 직각의 고독처럼,

거기 어디냐고 당신이 물었고
나는 대답 대신
평면의 한 모서리에 구름이 낮게 깔린
가늘고 긴 선들을 보고 있다

가물가물 배가 떠 있거나 섬의
한쪽 모퉁이에 가린
쉽사리 드러나지 않는 선들

긋기 전에 그어진 기호처럼
그 너머에 대해 어떤 말도 할 수 없다
단지
가느다란 은빛 철사로 말을 동여매거나
쓸쓸함을 더 늘어뜨릴 수 있겠다는 짐작은
휘어지는 성질을 이용하는 것

철사를 사러 갔는데 수평선을 들고나온다

해변을 지나야 철물점이 보인다

신체적 밤

자신을 어디에 두었을까 환하게 비치던 사물이 보이지 않을 때까지 몰라, 몰라서 어두워지고 어두워서 누가 누군지

스위치를 올린다 불이 켜진다 벽이 보이고 옷이 보이고 모자가 보여, 모자에 잠입한 밤은 모자 속에 없고 없을수록 긍정되고, 긍정 안에 기각되는

그 무엇, 어둠이 아니다 웅크린 어둠은 적립되고 남은 밝음의 그늘, 밤과 순환되지 않는다 보이는 것을 감추는 어둠과 달리 투명하게 사라지는 밤 그래도 꼭 찾아야 할 것이 남은 것처럼

날마다 집 창문에 불이 켜지고 있다

프라이드치킨

라이프니츠의 창문에
새가 날개를 접고 앉는 것이 보인다
새는 날아오를 때
날개가 아니라 펼침의 극단을 사용한다

바로크풍의 대성당마다 제의실 한편에 비밀처럼
은빛 날개를 쌓아 두는 곳이 있다

라이프니츠가 마샹 부인에게 보낸 편지 중에
'날개는 곧 말'이라는 문장은
결국 쓰질 못했다

임종 직전에 그는 말문을 접었다
성사를 주러 온 사제는 그가 접은
날개 위에 성호를 그었다

들뢰즈가 닭 요리를 즐겨 먹었다는

말은 전혀 사실과 다르고,
나는 프라이드치킨을 좋아한다

반반 주세요, 하면
날개 반 다리 반을 튀겨 온다
반은 언제나
제 말을 접고 있다
그 반의반을 한없이 접으면
달걀이 된다

말이 떨어지기 무섭게
오토바이는 날개의 전속력을 결정한다

한 번도 날아 본 적 없는 말에
외재된 날개는
말의 곡률을 따라 펼쳐진다

네, 네,

큰 길가 아치형 흰 대문이 보이는 집 뒤에서 두 번째
골목
첫 번째 빌라 1층 맞아요

들뢰즈를 시켰는데
라이프니츠가 왔다

입

잎이 진 나무에 누구나 입이다

봉인된 관 위로
떨어지는 잎

모든 잎이 단 하나의 입을 덮고 있다

몇몇 사람들이
눈물을 훔치다 말고
삐죽하게 말 밖으로 나온 가지를 쳐다보고 있다

거기 오랫동안 붙어 있었던 것 같다

입이 오랫동안 붙어 있었던 것 같다

호명

허름한 담장으로 둘러싸인 시골 마당에서 코커스파니엘 한 마리를 키웠다. 찰리라는 이름의 너는 누군가가 담 밖을 지나가면 영락없이 짖어 댔다. 그때마다 찰리 그만해! 라고 했고, 언제든지 우리가 부르는 네 이름을 향해 곧장 달려와 엎드렸다.

부름은 무엇을 불러오는 걸까. 오래전에 마당의 담장은 허물어졌고 이제 찰리는 없다. 그래도 한 번씩 입속에서 '찰리' 하고 발음되는 순간, 유난히 긴 귀를 펄럭이며 네가 온다. 급하게 달려와 미처 말속에 정지하지 못한 채 미끄러지는 네 개의 발이 보인다. 말속에 헐떡이는 숨소리가 부푼다. 너는 엎드린 이름과 조용히 함께 엎드린다.

선고

누군가 길에서 울고 있다 통곡, 지나가던 사람이 그를 보고 잠시 머뭇거리더니 함께 운다 다음 사람들의 어깨가 들썩인다 그 뒤로부터는 줄지어 흐느끼며 따라온다 그렇게 울면서 태어난다고 말하던 당신의 울음이 조용히 그치던 날

길가 나무에 새들이 하염없이 지저귀고
비유는 종종
다른 울음을 같은 울음으로 잇대 놓는다

당신의 주위를 빙 둘러선 채

새의 울음이 다 사라질 때까지
하나의 나무는 하나의 관으로 결속된다

그 누군가에 대해
어느 행렬에 당신이 서 있던 걸까
반짝이는 눈물, 초록빛 잎

서둘러야 하리

눈뜨기도 전에

선고받은 울음이여

도약

어떤 장소는 허물거리다가 사라진다
어떤 장소는 사라진 채로 남아 있다

누가 묻는다 어눌한 목소리로
몇 시냐고

아직도 거기,
물을수록 튕겨 나는 입자들

밤 12시가 문안에 걸릴 때 낮 12시는 문밖에 서성인다
두 개의 장소가 같은 벽에 걸린다

구름을 관통하는 구름
비가 비를 적신다

집이 어딥니까
주소를 말해야 찾아 드리지요
(…)

목소리는 기억이 퇴화되고 남은 입자다

그 자체로 삐져나온 공간

한 장소가 다른 장소로 바뀌고 있다

이곳에 머무는 그곳,
지금과 가장 멀어지고 있는 것이 지금이다

플랑크의 별

그저께도 비가 내릴까

기다리는 중이야
종종 도착하지 않네 어제도 그제도

내일은 참 즐거웠어
모레처럼 즐거웠어

비가 오면 꽃나무를 심을 거야

뭉게구름이 지나가고 있어
의자에 앉아 비가
구름을 만들지

멍하니 구름을 본다
구름을 보며 어제를 생각해
어디에 떠 있는 게 지금일까, 도무지

비가 훌쩍 내리고 있어

깨알 같은 모래알

백사장은 모래하고 여름이다
여름하지 않아도 덥고
그다음부터 쭉 함께 묻는다
네 말이 어디에 묻힌 걸까
파도 파도 모래 속,
백사장은 없고 백 사장만 남아
여름 리어카에 수박을 판다
수박 달아요 꿀수박!
밀짚모자 백 사장만 상냥하다
다른 사장님은 어디 계세요
아무것도 아닌 것의 질문은
아름답다 하얗게 덮인 백사장
아직도 푹푹 맥락에 빠지나요
사장과 모래하고 남은 모래
그 옆은 백사장, 그 옆에 옆은
모래 묻은 바지에 남은 백 사장
질문은 가득한 여름을 묻지 않는다

최후의 발걸음

오고 있다 아니, 가고 있는지도, 느리다 빠르게 느리다 더 빨리 느릿느릿, 멀어진다 멂 속으로 가까이 온다 가까울수록 멀어짐 안에 더 근접한다 그 속으로 나온 그가 표시되지 않는 그를 지운다 지워지는 그는 지워지기 전의 그다

그는 알지 못한다 우리를 알지 못하는 그를 알지 못한다 그의 걸음을 우리에게 넘길 때 우리의 발걸음은 제거됨 없이 저지된다

그는 누구다 누군가에 남겨진 누구, 누가 오고 난 뒤에도 여전히 누군가가 오고 있다

미리 눈물을 흘리는 그와 누군가의 걸음이 만나는 장소마다 잉여로 묻어나는 발걸음들, 보폭은 걸음에 운반된 공백이다 출발이 순조롭게 되길 바랄수록 누군가의 공백 안에 지속한다 아직도 도착하지 않았습니까 오오 말기의 출발들, 모든 출발은 도착을 애도한다

나무의 왕래

네가 간다고 할 때
어디, 왜, 라고 묻지 않았다

간다는 건
네 안에서 나를 부여받은 채
물음마다 이동을 증가시킬 뿐

고요의 끝에서
하나의 나뭇잎이 흔들릴 때
텅 빔은
다만, 그 자세로 멈춤에 귀속되는 일

와 있음 안에 오지 않는 것처럼
한 발짝도
가지 않고 간다는 건
가만히 부재를 넓혀 가는 것

바람이 불지 않는 날에도
나무 의자를 들고 나가
베어진 나무를 생각하는 것

미역

미역은 미역과에 딸린 바닷말, 말? 갈색으로 발음된다. 발성이 일어날 때마다 혀의 줄기 잎 뿌리가 또렷하게 갈라지고, 작은 홑소리가 흩어진 입 점막엔 아주 작은 포자낭이 빽빽하다. 말을 다 하고 난 뒤에도 여전히 요오드 냄새가 남은 혀, 말의 뿌리는 후두개처럼 생긴 바위 등에 붙는다. 어떤 종(種)은 말이 학습되지만 이곳의 말은 포자번식이다. 번식은 봄과 초여름에 시작되고 가을부터 겨울 동안 무성한데, 요즘 말은 거의 양식장에서 이뤄진다. 여름철 실내 탱크 속에 말을 배양시킨 뒤 가을에 굵고 탁한 암갈색 음성을 내게 만든다. 끈끈한 말투일수록 무기질이 풍부하다. 이런 말투는 우리나라 남동해안에서 널리 퍼졌다. 특히 애를 갓 낳은 산모들이 많이 사용하는 말이다.

이식

나무는 굽은 생각이다 굽은 나무로 만든 생각, 정확히 나무 안에 박혀 있다 이식되기 전의 기억은 희미하고 날마다 나무의 생각 안으로 조금씩 더 파고든다

새가 오기를 기다리는 마음과 가지에 앉은 새가 소란할 뿐이라는 마음은 같은 생각 안에 드는 다른 기억이다 새보다 개를 좋아했던 것 같다 아니, 개는 무섭고 새를 좋아했다 글쎄, 뒤죽박죽 한 번도 걸어 본 적이 없는 생각이 드는 동시에 수없이 걸어 다닌 기억

어떤 생각의 일부가 지워져도 연거푸 다른 생각이 밀려온다 멈춰지지 않는다 끝없이 나무의 생각 안에 살아 있음으로 생각의 죽음은 기각된다 생각은 도저히 생각에 닿지 않는다 하루에 몇 번이나 나무 의자 위에 올라가 목을 매는 것은 생각을 모두 매단 나무의 상상

누가 의자에 구부정한 등을 보이며 앉아 있다 그 아래 네 개의 나무 다리가 보인다 저렇게 가공된 목재를 나무라 불러도 될까 생각에 앉는다는 것은 죽은 나무로 만든 오래된 기분

침묵의 에스키스

한 잔의 물과 한 잔의 말, 말과 물은 동일한 열량이다. 당신의 말이 온 힘을 다해 콧김을 뿜으며 달릴 때 물은 달린 만큼 고갈되고 목소리는 갈라진다.

목이 아플 땐 갈라진 틈새로 스며들 것, 귀에 고여 있는 것들은 바가지로 퍼서 자주 입을 축일 것.

웅덩이, 습관적으로 고여 있다, 이것은 일종의 침묵일까. 겨울날 그곳을 지나다 보면 듬성듬성 드러나는 흰 뼈들.

사물은 부피를 지닌 말이다. 일정한 온도에서 의자 책상 창문처럼 제 이름에 붙들린 두께들.

물을 데운다, 덜컹대는 양은 주전자의 뚜껑. 말은 언제나 경계에 닿는 소리다. 물이 말을 밀어 올린다. 말에서 분리된 몸은, 몸에서 꺼낸 말을 일절 하지 않는다. 사라지고 남은 입.

숟가락을 든다. 제 입속으로 말을 떠 넣는다. 꾸역꾸역

밀어 넣을수록 무엇인가가 더 어두워지고 있다.

눈 뒤의 수평선

비는 언제나 물에 없는 생각,
물은 물고기의 생각을 닮는다

섬에 처음 올라온 거북이는
단백질과 침묵이 동시에 엉키는 장소에
알을 낳는다 이건,
물고기의 생각과 다르다
다른 생각과 다른 생각을 잇는 구간을 수평선이라고
한다

이쪽과 저쪽
어디에도 닿지 않는 생각은
길고, 긴 것은 짧다 짧고 긴 생각이
물에 닿지 않고 물의 생각,

닿다

구름이 박공같이 비스듬히 떠 있는 배경으로
한없이 수축하는 선들,
기적(汽笛)을 뿜어내고 있다

소나기 景

온다 말이, 얼룩말이 뛴다 투명한 말이 달린다 콧김을 풍풍 뿜으며 같은 말로 다른 음성으로 한 번도 온 적 없는 평원의 기분 같은, 달릴수록 치명적인, 한꺼번에 다 말하고 제 말에 젖는, 미리 와서 우산을 쓰고 있는 말과 붉은 흙에 깊이 스며든 말과 오면서 다가옴을 다 말해 버린 말이 먼저 잠든 말 위로 아무것도 오지 않고 온다, 온다의 높이로 온다의 깊이로 컴컴하고 환한 말에 없는 말들, 온다보다 더 빨리 말발굽 같은 말을 긁으며 온다 누구 말도 아닌, 백 년 전과 천 년 전이 똑같이, 한 번도 반복되지 않고 반복되는 말이, 오지 않는 말과 오는 말이 겹쳐지는 구역에서 누구 말도 듣지 않고, 오지 않는 쪽으로 무한히 와서 사막처럼 듣지 않고 듣고, 덮개 없이 덮인, 죽음이 사라지는 죽음으로, 온다

더 쪽의 눈들

자다가 눈을 뜰 때마다 처음 떠 본 눈 같다 천장에 큼직한 눈알이 달려 있다 벽을 타고 내려오는 눈들, 못에 걸린 모자가 보인다 처음 보는 못, 처음 보는 모자, 혀가 한꺼번에 속삭인다 '모자란다', 모자란다, 혀는 손을 닮았다 말을 거머쥔다 벌써 모자 몇 개는 사라지고, 붙들린 눈알은 돌아오지 않는다 어디 계세요, 모자 속에 숨은 것은 다 모자란다 어제를 본 눈은 어제를 거머쥐고 가 버렸다 자다가 문득, 눈 대신 한마디 입을 뗐다면, 혀 위에 번쩍이는 전구 알이 꽂혔을까 보이는 대로 말해 보세요 못과 모자가 한꺼번에 모자랍니까 아니요 나는 아닌 것 안에 여전히 모자랍니다 모자랄 때마다 단순하고도 돌이킬 수 없는 눈들, 보는 것은 본 것을 걸어 둔 상상이다 처음 본 눈알은 어디 걸어 두었을까

두통

머리가 아프다는 말은 정확히 어디가 아픈 걸까 거미는 머릿속에 가슴이 있고, 문어는 몸 전체가 머리다 미로 같은 머리, 지끈거리는 머리, 구두를 신은 채 누가 종일 내 머릿속을 뛰어다니는 상상으로 골목을 돌고 돌아, 경주에 닿는다 하나의 커다란 머리로 덮인 왕릉이 보인다 머리가 클수록 두통도 커질까 둥근 머리를 이어 붙인 무덤을 지나 도착한 박물관 마당의 부처들 어, 머리가 없다 짚어 볼 이마가 없다 얼마나 저렇게 오래 앉아 있었을까 그 위에 내 머리를 슬쩍 얹어 본다 시작이다, 두통

길고양이에게 밥을 주는 일은 고양이에게 길을 묻는 방식이다

누군가 길고양이에게 밥을 주고 있다

길에 대해 다른 생각을 하는 사람이
고양이에 대해 같은 생각을 하고 있다

우연히 같은 길에서 만나 서로 악수하고
길가 끝 밥집에서 함께 밥을 먹는다

키우던 고양이가 며칠 전 집을 나갔다고
밥집 주인도 한마디 거든다

세 사람이 생각하는 한 마리의 고양이와
한 사람이 생각하는 세 마리의 고양이가
모두 다른 길을 가고 있다

한 마리의 고양이와 세 마리의 고양이가
다 사라질 때까지
세 사람은 다른 담장을 넘나들고 있다
같은 말이 같은 길과 전혀 다른 고양이,

길 잃은 고양이를 벗어난 길은
고양이를 번식하는 말로 무성하다

( )를 가리키는 방법

임지훈(문학평론가)

우리는 흔히 한 사람의 인생을 영화에 비유하곤 한다. 한 인물이 수많은 사람들과 상호작용하며, 때로는 고난과 역경을, 때로는 행복과 슬픔을 맛보는 선형적인 서사로서의 영화. 이처럼 인생을 영화에 비유할 때, 우리는 한 인간의 존재를 배우 내지는 감독에 비유하곤 한다. 이와 같은 비유 속에서 인간 존재는 극을 이끌어 가는 고유한 존재로, 일종의 고유명사와 같이 취급되곤 한다. 이러한 비유를 틀렸다고 말하기는 어렵지만, 사실을 말하자면, 모든 인간 존재가 하나의 고유명사로서 살아가는 것은 아니다. 사회적 성공이라는 공통된 목표 앞에서 자신의 인생을 독창적으로 전개하여 목표에 다다르는 것은 소수에 불과하며, 대다수의 인간은 특수한 목표를 향한 삶 속에서 거듭되는 쇠락을 경험하며 극의 보조적인 역할에 머물고 만다.

그런 의미에서, 돈, 명예, 권력과 같은 사회적 성공을 향해 나아가는 모든 인간의 삶이 영화에 비유될 수는 없으며, 배우나 감독에 비유하는 것도 항상 옳은 것은 아니다. 이것은 특수한 한 줌의 사람들만이 고유명사가 될 수 있다는 의미를 말하는 것이 아니다. 보다 정확하게 말하자면, 자신을 언어라는 장 안에서의 고유명사와 같이 감각하는 것은 한낱 자의식에 불과하다고 말하는 것이 옳을 것이다. 인간은 하나의 공간 속에 배치된 여러 사물을 연결하는 중간자의 역할에 불과하며, 스스로를 특수한 의미의 담지자 내지는 특수한 인격으로 감각하는 것은 어디까지나 자신의 삶을 스스로 의미화시키는 소급적 효과에 지나지 않는다. 모든 인간의 삶이 특수한 것은 아니라는 이야기가 아니라, 모든 인간의 삶은 특수한 무엇이 아니라는 의미이며, 그러한 까닭에 인간의 삶은 명사로서의 삶이라기보다는 조사로서의 삶에 가깝다고 할 수 있다. 특수한 사물 내지는 대상에 대해 어떤 의미나 '격'을 부여하는 존재로서의 삶 말이다. 그럼에도 불구하고 사회는, 모두를 향해 다음과 같이 말한다. 너는 특수한 성공을 이뤄 내야 한다. 다른 사람들처럼 평범하게 살아가는 것을 경계해라. 너만의 특수한 취향을 찾고, 너만의 특수한 취미를 가져라. 너만의 상품을 선택하고, 너만의 인생을 살아라. 자본주의가 제시하는 패키지 속에서 '너만의' 것을 선택하라. 유명한 사람'처럼' 행동하고, 유명한 사람'처럼' 먹고, 유명한 사람'처럼' 죽어라. 결코 네가 평범한 사람인 것처럼 말하고 행동하지 마라. 그것은 평범한 것이 아니라 낙오에 불과하다고.

그는 죽음에 임박해서야 잘못 살았다고 말했다 나처럼 살지 말라고 신신당부했다 그가 무엇을 잘못했는지 알 수도 없고 알고 싶지도 않지만 처럼은 아무런 잘못 없는 것이 분명하다 텔레비전에 유명한 기업가가 나와 나처럼 하면 성공한다는 말을 늘어놓지만 처럼은 어떤 성공도 한 적 없으니 다행이다 어느 책 표지에 처음처럼 이라고 적혀 있어도 처럼은 여전히 처음이 아닌 것 같고 누가 죽음처럼 이라고 해도 처럼은 죽음이 없다 처럼은 그들과 함께 왔거나 끌려왔거나 어쩔 수 없이 따라왔지만 썰물처럼 빠져나간 그들 뒤에도 아닌 것처럼 맞는 것처럼 맞아 죽었다가 금방 살아 나온 것처럼

—「처럼」 전문

위의 시에서 '그'는 화자를 향해 자신"처럼 살지 말라고 신신당부"한다. 하지만 화자는 '그'가 "무엇을 잘못했는지 알 수도 없고 알고 싶지도 않"다. '그'는 단지 자신의 삶을 살았을 뿐이다. 그럼에도 '텔레비전'으로 대표되는 사회의 시선과 목소리는 특수한 삶의 양태를 보편적인 가치인 것처럼 위장하여 전달하며, '그'"처럼" 살라 지시한다. 그렇기에 우리는 '그'와 같은 성공한 사람"처럼" 살기 위해 노력하지만, 위의 시를 다시 한번 찬찬히 바라보자면, 여기에는 어떠한 인간도 고유명사로 자리 잡지 못한 채 "처럼" 살고 있을 따름임을 확인할 수 있다. 텔레비전이 제시하는 특수한 삶의 양태조차 위의 시에서는 대명사에 머물고 있으

며, 약간의 통찰력을 발휘해 보자면, '그' 또한 다른 대명사 인간을 따라 격조사로서, "처럼" 살아왔을 따름에 불과하다. 그렇기에 이 '텔레비전'이 제시하는 특수한 삶의 양태는 고유명사가 되지 못하고, 대명사로 계속해서 남아 있을 따름이다. 그럼에도 우리는 그 대명사를 특수한 삶의 양태인 양, 유일한 형태로서의 고유명사라 믿으며 자신도 그렇게 되기 위해 "처럼" 살아간다. 그러니, 인간의 삶을 과연 고유하고 특수한 무엇이라 말할 수 있을까? 그렇다고 믿을 수 있을까? 우리는 다만 스스로를 명사라 착각하는 조사들인 것은 아닐까.

다만 이 이야기에는 미묘한 방점이 필요하다. 모든 인간이 고유한 삶을 살아갈 수 없다는 점이 아니라, 그럼에도 개별 존재의 삶은 결코 대체될 수 없다는 의미에서 특수한 삶을 살아간다는 의미로 말이다. 인간의 삶에 어떤 보편성이 존재한다면 그것은 모든 인간 존재의 삶이 평평하고 동일하다는 것을 의미하는 것이 아니다. 그럼에도 불구하고 모든 인간 존재의 삶의 궤적은 특수하며 대체 불가능하다는 의미에서, 이와 같은 대체 불가능한 특성이 바로 인간이라는 종의 보편적 특성이라고 받아들여야 한다. 그러나 인간은, 사회는, 특히 의사소통의 도구로서의 '언어'는 그러한 인간의 보편적 특성을 고의로 오독하고, 하나의 특수한 예외의 지점을 유일한 보편성의 지점으로 설정하는 우를 범하곤 한다. 위의 시 「처럼」에서 나타나는 삶의 양태와 같이,

사람들은 그 특수한 예외의 지점에 가닿기 위해 노력하지만, 역설적이게도 이 과정에서 인간 존재의 삶은 동일한 궤적으로 환원되면서 그 고유한 특수성을 잃어버리고 만다. 예컨대, 하나의 예외 지점을 향한 사회적 노력은 인간 존재의 보편적 특질로서의 개별 존재의 특수한 궤적을 잃게 만드는 역설적 결과를 불러일으키는 것이며, 어쩌면 이와 같은 상황이 자본주의 경제체제가 만들어 낸 정치 체계로서의, 욕망의 통치술이라고도 할 수 있을 것이다.

이와 같은 현실 인식 하에서 권주열이 '말'하고자 하는 것은 인간 종의 보편적 특성을 되찾기 위한 노력에 가깝다. 그리고 그 노력은 아래의 시에서와 같이, '언어'에 대한 섬세하고도 날카로운 감각을 통해 구체화된다.

붉은 사과가 놓여 있다
검붉은 사과와 함께

어디서 묻어온 걸까
쟁반 위에 사푼히 앉
은,
붉 은

다소곳이 사과 위에 내린 싸락눈처럼
부드럽게 감싼
은의 윤곽

붉'은' 사과를

빨'간' 사과로 표기하자

불쑥

사과만 남는다

은에 없는 사과는 은에 묻은 사과와

같지 않고 같은,

아무도 몰래

은은하게 눈이 내린다

쌓이지 않는 생각

—「드로잉」 전문

일상 언어에서의 활용과 달리, 보다 엄밀한 의미에서 바라보자면, 하나의 음절은 하나의 역할을 수행하지 않으며, 그 음절은 상황과 맥락, 발화자와 청자의 속성, 상황에 대한 주관적 관점 등 다양한 개입에 따라 얼마든 다른 역할을 수행하게 된다. 이는 하나의 존재에 내재되어 있는 잠재성이라는 것이 산술화 가능한, 수치화 가능한 종류의 개념이 아니라 말 그대로 공간적 의미에서의 '장' 개념에 가까움을 의미한다. 그와 같은 '장' 개념을 통해 바라볼 때, 위의 시에서 나타나는 대상으로서의 '사과'라는 언어는 하나의 고정적 대상을 지칭하고 지시하는 것이 아니라 그와 같은 대상을 포함하는 일련의 의미 공간에 대한 방향계의 역할을 수행한다고 풀이될 필요가 있다.

화자는 위의 시에서 '사과'와 그것을 수식하는 '말'을 분해하고 재조합하며 일상적 언어에 의해 가려져 있던 의미장의 부피를 되살려 낸다. 이는 「가자미」「그렇습니다」「4인칭」「자음 혹은 장애」를 비롯한 여러 시편들에서 나타나는 형식적 요소로서의, 언어의 분절과 띄어쓰기의 생략과 유사한 맥락에 가닿아 있다. 이와 같은 시인의 형식적 제스처는, 일상 언어생활에 의해 평평하게 봉합되어 있던 사유와 그 아래 감추어진 의미'장'의 부피를 되살려 내며, 그로부터 의미는 다양한 갈래로 파생된다. 마치 하나의 씨로부터 거대한 나무가 생장하고, 그로부터 하나의 생태'계'가 이루어지는 것처럼, 하나의 음절은 분절을 비롯한 형식적 제스처를 통해 고유한 의미의 '계'를 구현해 내는 것이다. 그러한 의미에서 권주열의 시적 언어가 지시하는 것은 특정한 의미가 아닌, 그와 같은 의미를 포괄하는 보다 거대한 '장'이며, 다시 말하자면 그가 지시하는 것은 특정한 지점이 아니라 그 지점을 포괄하는 일종의 '영역', 의미의 '부피'라 할 수 있다.

하나의 비에 대해 다양한 우산이 필요하다
하나의 불빛에 대해 갖가지 전구가 끼워진다

하나의 사랑에 대해 수많은 말들이 속삭인다

하나는 작다
오롯하다
더 포갤 수 없는 작음의 전체
마지막 몸짓

눈물이 떨어진다
하나의 물방울에 대해 긴 수평선이 펼쳐진다

—「수평선 나무」 전문

위의 시는 흡사 앞선 권주열의 시편들에 비해 단순한 서정시처럼 느껴지지만, 여기에서도 사정은 크게 다르지 않다. 일견 단정해 보이는 말이지만, 그 속에서 가리켜지는 것은 언어의 근원적 속성에 가깝다고 할 수 있기 때문이다. 앞선 「드로잉」에서 나타나던 '사과'라는 대상을 경유하여 바라보자면, 우리가 '사과'라는 말에 '사과'를 떠올리는 것은 언어에 따른 자연스러운 효과도, 언어에 선험적으로 내재되어 있는 효과도 아니다. 그것은 오직 해당 어휘를 활용하는 사회의 관습적인 것에 불과한 것인데, 그와 같은 관습이 언어를 평평하게 만들고 보다 나아가서는 그 언어를 사용하는 인간의 사유 또한 평평하게 만들어 버린다. 그러나 이 작고 작은 하나의 단어, 혹은 음절의 조합조차도, 그것이 그려 내는 궤적과 그에 따라 생성되는 의미장의 부피란 결코 작지 않다. 그렇기에 화자는 그것을 "작음의 전체"라 부르며 그 의미를 일종의 '부피'로 개념화시킨다. 따라서 권주열의 시가 "하나의 사랑에 대해 수많은 말들이 속삭인다"고 말할 때, 우리가 떠올려야 하는 것은 '사랑'의 과정에 있어 그와 같은 "수많은 말들"이 발화되기 위해 필요했을 시간적 개념이 아니다. 여기에서 필요한 것은 공간적 개념으로서, 수많은 관점이 교차하며 동일한 언어로부터 피어나고 파생되는 의미들로 구성되는 의미의 우주이다. 예컨대, 언어는 씨앗이며 하나의 씨앗에 대해 발화되는 것은 하나의 의미가 아니라 "수많은" "작음의 전체"이다.

이제 조금 더 면밀하게 그의 시를 바라봐 보자. 그리고 이를 위해, 우리가 가진 언어에 세밀한 조정을 가해 보자. 예컨대, 우리가 권주열의 시에서 마주하게 되는 무수한 빗금들, 앞서 '분절'이라 지시한 그것은 과연 '분절'이라 할 수 있는 것인가. 예컨대 '분절'이 하나의 균일한 대상을 나누고 찢는 행위라면, 이와 같은 '분절'이라는 표현에는 어떤 균일하고도 유일한 하나의 대상이 선험적으로 존재하며, '분절'은 이와 같은 선험적 대상에 대한 후시적 행위라 할 수 있다.

그런데 과연 그러할까? 오히려 권주열의 시가 가리키는 것이 잊혀 있던 언어의 의미장에 대한 것이라면, 적어도 이 시적 세계에서만큼은 유일하고 단일한 '하나'의 대상이 선험적으로 존재했노라고 말하기 어렵지 않을까? 하나의 단어가 하나의 의미를 지시하는 가운데 인간의 언어에 대한 활용 속에서 그 의미가 다른 갈래로 파생되며 분화해 나가는 것이 아니라, 인간의 언어가 애초부터 하나의 의미'장'을 지시하는 것이었다면, 선험적으로 존재하는 유일하고도 특수한 대상이란 관념은 현재의 관점에 의해 소급적으로 가정된 하나의 신화에 불과한 것이 아닌가. 그렇다면 여기에서 나타나는 권주열의 시적 제스처란 본래 하나인 대상을 나누고 찢고 분절시키는 행위가 아니라, 오히려 언어의 근원적 개념으로 회귀하고자 하는 것에 가깝지 않을까? 그러니 우리는 권주열의 시적 세계에 대해 다음과 같이 말해 보는 것도 가능하리라. 권주열의 시적 세계에서는 '신'조차 유일하고 단일한 모습으로 존재하지 않는다. 그의 세계에서는 신조차 처음부터 분열되어, 찢어져, 나뉘어져 있다. 우리가 신에 대해 갖는 관념과 사유는 발명품에 지나지 않는다고 말이다.

수평선은 작은 발명에 지나지 않는다
저만치
빗금 친 외로움과 직각의 고독처럼,

거기 어디냐고 당신이 물었고
나는 대답 대신
평면의 한 모서리에 구름이 낮게 깔린
가늘고 긴 선들을 보고 있다

가물가물 배가 떠 있거나 섬의
한쪽 모퉁이에 가린
쉽사리 드러나지 않는 선들

긋기 전에 그어진 기호처럼
그 너머에 대해 어떤 말도 할 수 없다
단지
가느다란 은빛 철사로 말을 동여매거나
쓸쓸함을 더 늘어뜨릴 수 있겠다는 짐작은
휘어지는 성질을 이용하는 것

철사를 사러 갔는데 수평선을 들고나온다

해변을 지나야 철물점이 보인다

—「철물점」 전문

하늘과 땅을 나누는 '수평선'의 개념을 발명이라 말할 때, 그것은 실제로 인간의 어떤 행위 혹은 사유가 물리적 공간을 '분할'했음을 의미하지는 않을 것이다. 그것을 '하나'의 발명이라 말할 때, 여기에서 의미하는 바는 그와 같은 공간의 '분할'에 대해 '하나'의 명칭을 부여하는 행위를 가리키는 것이리라. 예컨대 이와 같은 언어적 개념은 인간으로 하여금 태초의 '하나'를 거듭 상상하게 만들며, 그러한 것이 실제로 존재했던 것과 같은 착각을 불러일으킨다. 흡사, 빅뱅의 시점을 '하나'의 균일하고도 단일한 점으로 상상하는 빈약함과 같이 말이다. 그러나 빅뱅의 시점에 시간도 공간도 존재하지 않았음을 상기하자면, 빅뱅은 처음의 그 시점에서부터 폭발이며 분열이고, 시공간에 있음과 없음이라는 분할선을 긋는 행위라고 보는 것이 정확하지 않을까. 그러니 세계에는 '하나'가 있어, 그것이 찢기고 나뉘고 쪼개진 것이 아니다. 오히려 찢고 나누고 쪼개는 행위가 있음으로 인해 세계는 존재해 왔던 것이며, '하나'라는 개념은 소급적으로 상상적으로 마련된 신화적 상태에 지나지 않는다.

그러한 의미에서, 권주열이 말하는 바란 이런 것이다. 일상생활 속에서 거칠게 봉합되어 있던 언어의 복잡성을 복권시키는 것은, 단지 시적 포즈에 불과한 것이 아니라 오히려 언어를 통해 세계의 기원을 엿보고자 하는 시도이며, 그것이 바로 언어를 재료로 삼는 예술 형식인 '시'만이 행할 수 있으며 행해야 하는 '본령'이라고 말이다.

그러니 다시 원래의 이야기로 돌아오자면, 시인은 특수한 고유명사가 아니다. 그것은 대상과 대상을 연결하는 조사에 불과하다. 그러나 이 '-에 불과한' 존재가 바로 의미를 발생시킨다. 분할되고 서로 동떨어진 대상과 대상을 연결시킬 때, 거기에는 언어를 통해 가능해지는 의미의 영역이 발생된다.

> 길가 나무에 새들이 하염없이 지저귀고
>
> 비유는 종종

다른 울음을 같은 울음으로 잇대 놓는다

당신의 주위를 빙 둘러선 채

새의 울음이 다 사라질 때까지
하나의 나무는 하나의 관으로 결속된다

—「선고」 부분

그러니 시인은 '조사'에 불과한 존재이나, 이 '조사'는 그와 같은 연결을 통해 공간을 창조하고 의미의 곡률을 발생시키며, 그러한 과정에서 감정의 '깊이'를 창출한다. 권주열이 아래 시에서 '시인'의 초상으로 특수한 하나의 존재를 가리키는 것이 아니라, '비'를 가리키며 다음과 같이 말하는 것은 이 때문이리라.

비는 확률입니다. 기다렸지만 여태껏 한 번도 온 적이 없기에 내린 적이 없네요. 그러므로 오는 것은 언제나 당신입니다. 당신이 오고 있습니다. 우산 안에서 잠시 정지된 장소가 당신입니다. 비는 벌써 비 안에 와 있고 비 안에 다 내려버렸지요. 우리는 비 밖으로 내릴 확률, 이따금 희박하게 반짝이는 눈물이 장소를 드러내지만 비라고 부르기엔 미약하지요. 비는 신체가 없습니다. 소낙비라든지 부슬비라든지 그 신체의 이름이 쏟아지는 장소입니다. 확률이 점점 커지면 발견될 가능성이 한층 더 가까이 오는 것이겠지요. 당신이 이

장소에서 다른 장소로 옮겨 가는 모양입니다. 노란 은행잎이
떨어지는 마당의 운구 행렬 앞에서 빗소리를 듣습니다.

—「강우량」 전문

그 자체로 의미를 지닌, 혹은 권주열의 표현대로라면 공간을 분할하는 끝없는 빗금의 연쇄인 '비'가 특수한 기상 현상으로 자리 잡는 것은 그에게 하나의 수식이 포함될 때이다. 때문에 시인은 "비는 신체가 없습니다"라고 말하며, "소낙비라든지 부슬비라든지 그 신체의 이름이 쏟아지는 장소"라고 스스로를 소개한다. 이는 시인 또한 마찬가지지 않은가. '시인'이라는 말 또한 어떤 의미의 영역을 가리키기는 하지만, 그 자체로는 어떠한 신체성도 갖지 못한다. 그에게 하나의 신체가 부여되는 것은 오직 특수한 수식어를 경유할 때뿐이다. 예컨대 긍정의 시인, 행복의 시인, 슬픔의 시인, 눈물의 시인과 같은 특수한 수식어들 말이다.

그렇다면 권주열은 과연 어떤 시인으로 불릴 수 있을 것인가. 그러나 나는 그를 하나의 특수한 수식어를 통해 부르기가 저어된다. 그가 지시하는 것은 바로 그와 같은 특수함에 가둬지지 않기 위한 노력이자, 언어에 가해진 특수한 상황과 맥락을 깨부수고 그 안에 잠재되어 있는 공간을 피워내고 가리키는 것이기 때문이다. 그러니 여기에서는 권주열이라는 시인을 다음과 같이 불러 보는 것도 나쁘지 않으리라 생각된다. 그는 시인이다. 다만 여기에서 시인과 '-이다'라는 술어 사이에는 공백( )이 존재한다. 즉, 그는 시인

( )이다. 특수한 언어가 아닌, 언어가 머물 수도 혹은 얼마든 비워 내질 수도 있는 공백을 함유한 시인. 특수한 하나의 의미가 아닌 의미들이 부유하고 경합하고 산출되는 영역으로서의 ( )를 가진 '시인' 말이다. 그는 '조사'이되, 의미의 공간을 창출하는 '조사'이며, 배치된 대상을 문장으로 만들어 의미를 개시하는 자이다. 그것이 권주열이라는 시인이며, 『한 사람들로 붐빈다』가 소유하는 의미의 영역이다.